Analyse de l'œuvre

Par Julien Ferdinand
et Margaux Ollivier

Le Passe-muraille

de Marcel Aymé

lePetitLittéraire.fr

Rendez-vous sur lepetitlitteraire.fr et découvrez :

Plus de 1200 analyses
Claires et synthétiques
Téléchargeables en 30 secondes
À imprimer chez soi

MARCEL AYMÉ   1

LE PASSE-MURAILLE   2

RÉSUMÉ   3

Un pouvoir surprenant
Les réformes de M. Lécuyer
Un besoin nouveau
La prison de la Santé
Des amours trop brèves

ÉTUDE DES PERSONNAGES   9

Dutilleul, alias Garou-Garou
L'administration
Les Montmartrois

CLÉS DE LECTURE   15

L'univers fantastique
La dimension tragique
du *Passe-muraille*
L'humour dans *Le Passe-muraille*
Le Passe-muraille et ses influences
Un univers poétique

PISTES DE RÉFLEXION   28

POUR ALLER PLUS LOIN   31

MARCEL AYMÉ

ÉCRIVAIN, NOUVELLISTE ET DRAMATURGE FRANÇAIS

- **Né en 1902 à Joigny (Yonne)**
- **Décédé en 1967 à Paris**
- **Quelques-unes de ses œuvres :**
  - *Les Contes du chat perché* (1934-1958), recueil de contes
  - *Le Vin de Paris* (1947), nouvelle
  - *Les Oiseaux de lune* (1956), pièce de théâtre

Marcel Aymé est le cadet d'une famille de six enfants originaire de Franche-Comté. S'il s'installe à Paris dès 1930, ses premières œuvres témoignent de son attachement à la terre qui donne à ses romans fantastiques les plus célèbres un cadre rural (*La Jument verte*, 1933 et *La Vouivre*, 1943). C'est avec ses *Contes du chat perché* qu'il connait le succès populaire.

Aymé est avant tout un extraordinaire conteur, dont le talent s'est illustré aussi bien dans des nouvelles (*Le Passe-muraille*, 1941) et des romans (*Uranus*, 1948) que dans des pièces de théâtre (*La Tête des autres*, 1952). La fantaisie et l'ironie de ses textes, où s'entremêlent parfois imagination débridée et observation scrupuleuse de la réalité, en font aussi un poète et un moraliste.

LE PASSE-MURAILLE

UN DON HORS DU COMMUN

- **Genre :** nouvelle fantastique
- **Édition de référence :** *Le Passe-muraille*, in AYMÉ M., *Le Passe-muraille*, Paris, Gallimard, coll. « Folio junior », 2002, 18 p.
- **1ʳᵉ édition :** 1941
- **Thématiques :** ironie, comique, prison, liberté, fantastique, pouvoir, héroïsme

Le Passe-muraille est l'une des œuvres les plus connues de Marcel Aymé, à tel point qu'il existe, à Montmartre, une statue sculptée par Jean Marais (acteur français, 1913-1998) qui lui rend hommage. La statue est d'ailleurs située en face de la maison de Marcel Aymé. *Le Passe-muraille* est la première des dix nouvelles du recueil éponyme publié en 1943. Mais ce récit a d'abord été publié en revue en 1941, sous le titre de *Garou-Garou*, le surnom que se donne le personnage principal, Dutilleul. *Le Passe-muraille* est en effet l'histoire, à la fois ordinaire et surnaturelle, de ce modeste et paisible fonctionnaire qui découvre un beau jour qu'il a le don de passer à travers les murs.

RÉSUMÉ

UN POUVOIR SURPRENANT

Au 75 bis, rue d'Orchampt à Montmartre (Paris), vit un « excellent homme nommé Dutilleul » (p. 9), employé de troisième classe au ministère de l'Enregistrement, qui arbore binocle et petite barbiche noire. À 43 ans, sa vie est bouleversée lorsqu'il se découvre par hasard le pouvoir de passer à travers les murs.

Décontenancé par ce don qui ne répond à « aucune de ses aspirations » (p. 10), Dutilleul se rend chez le médecin qui constate en effet « un durcissement hélicoïdal de la paroi strangulaire du corps thyroïde » (*ibid.*). Pour en atténuer les effets, il lui prescrit une activité intensive et, deux fois par an, un cachet de « poudre de pirette tétravalente, mélange de farine de riz et d'hormone de centaure » (*ibid.*) : bien plus tard, cette prescription s'avèrera fatale.

LES RÉFORMES DE M. LÉCUYER

Dutilleul prend comme convenu ses cachets, mais son emploi de fonctionnaire ne le pousse nullement au surmenage : au bout d'un an, son pouvoir n'a toujours pas disparu. Il n'en use cependant jamais et rentre toujours chez lui par la porte. Rien ne semblait donc devoir perturber ses habitudes, quand son sous-chef de bureau, M. Mouron, est remplacé par un certain M. Lécuyer.

Celui-ci veut réformer le service et obliger Dutilleul à changer la formule d'introduction de ses lettres administratives, qu'il juge désuète. Mais le fonctionnaire est attaché à ses habitudes et revient toujours à celle qu'il utilise depuis vingt ans. Irrité, le chef finit par le reléguer dans un débarras attenant à son bureau, sans doute pour attester le caractère obsolète du fonctionnaire qui exerce sa fonction depuis trop longtemps. Bien que blessé dans son orgueil, Dutilleul fait profil bas jusqu'au jour où M. Lécuyer pénètre dans son réduit et l'insulte au sujet d'une de ses lettres, qu'il lui jette à la figure.

Humilié, Dutilleul a soudain l'idée de profiter de son don : il passe sa tête à travers le mur mitoyen et lance à son chef qu'il est « un voyou, un butor et un galopin » (p. 14). Terrifié par cette apparition, M. Lécuyer fonce jusqu'au débarras, où il trouve son employé affairé et serein. Penaud, il retourne dans son bureau, quand la tête réapparait, proférant les mêmes insultes. Il en sera ainsi 23 fois dans la journée, puis autant les jours suivants, avec parfois des menaces farfelues : « Garou ! Garou ! Un poil de loup (rire) ! Il rôde un frisson à décorner tous les hiboux (rire). » (*ibid.*) Le fonctionnaire veut effrayer son supérieur en évoquant la présence éventuelle d'un loup : l'animal semble représenter le personnage de Dutilleul lui-même, qui sera bientôt connu sous le nom de Garou-Garou pour ses exploits nocturnes, en référence au loup-garou.

UN BESOIN NOUVEAU

M. Lécuyer vit difficilement ces apparitions : « Le premier jour, il maigrit d'une livre. Dans la semaine qui suivit, outre qu'il se mit à fondre presque à vue d'œil, il prit l'habitude de manger le potage avec sa fourchette et de saluer militairement les gardiens de la paix. » (*ibid.*) Le « pauvre sous-chef » (*ibid.*), comme le nomme le narrateur, est finalement envoyé en maison de santé : « Dutilleul, délivré de la tyrannie de M. Lécuyer, peut revenir à ses chères formules. » (p. 15)

Dutilleul reprend alors sa vie de tous les jours, mais ressent désormais l'envie irrépressible de passer au travers des murs pour commencer une « aventure » (*ibid.*). Pour débuter sa carrière de bandit, il cambriole « un grand établissement de crédit de la rive droite » (p. 16), signant son larcin du nom de « Garou-Garou ». Il devient ainsi ce Passe-muraille que rien n'arrête et qui incarne la liberté. Ses vols se faisant de plus en plus fréquents et rocambolesques, Dutilleul devient très rapidement populaire et fait l'objet d'un véritable culte disproportionné : « L'enthousiasme de la foule atteignit au délire. Le ministre de l'Intérieur dut démissionner, entraînant dans sa chute le ministre de l'Enregistrement ». (p. 7)

En parallèle, Dutilleul continue chaque matin de se rendre à son bureau. Il demeure par conséquent le fonctionnaire Dutilleul le jour et se « transforme » en Garou-Garou la nuit. Le personnage de Garou-Garou lui permet de faire tout ce que Dutilleul s'interdit.

Ce dernier entend souvent ses collègues faire l'éloge de son personnage nocturne, à tel point qu'un jour, poussé par une envie de reconnaissance, il leur avoue son identité secrète. Pourtant, il ne reçoit de cette révélation que des rires moqueurs.

Le soir même, Garou-Garou décide de se laisser arrêter pour la première fois par la police alors qu'il cambriole une bijouterie à Montmartre. Il sait qu'ainsi il se vengera de l'affront blessant de ses collègues. En effet, dès le lendemain, son vrai nom fait les gros titres des journaux. À ce moment précis, la personnalité de Dutilleul s'efface pour ne laisser place qu'à celle de Garou-Garou, de jour comme de nuit. Le fonctionnaire est enfermé à la prison de la Santé. Mais, pour une personne qui possède la faculté de passer à travers les murs, être emprisonné est une ironique incitation à la liberté.

LA PRISON DE LA SANTÉ

Après avoir dérobé divers objets au directeur de la prison, notre héros (qui a été de nouveau arrêté) se moque ouvertement de ce dernier : il va jusqu'à faire sonner sa bonne pour qu'elle lui apporte son petit-déjeuner. Garou-Garou lui adresse de surcroit une lettre pour lui signifier son évasion qui aura lieu « cette nuit, entre 11h25 et 11h35 » (p. 20). Une fois libre, il erre dans Montmartre sans se donner la peine de se cacher et, de manière évidente, se fait de nouveau arrêter. Il en profite pendant quelques jours pour jouer des tours au directeur, jusqu'à provoquer sa colère et se faire insulter. Il décide alors de s'évader définitivement. Pour n'être plus reconnu, il rase sa barbiche, enlève son binocle et adopte une tenue de golfeur. Ce subterfuge fonctionne un temps avant que Dutilleul soit de nouveau identifié.

Lassé de passer à travers les murs, Dutilleul rêve d'un défi plus grand, comme pénétrer les pyramides d'Égypte. Tout à ses rêves de voyage, il déambule dans Montmartre incognito quand il est reconnu par un peintre du quartier, Gen Paul. Cette rencontre l'incite à hâter son départ de peur de se faire attraper. Or il rencontre également une « beauté blonde » (p. 23) dont il tombe amoureux. Dès lors, il n'est plus question pour lui de partir.

DES AMOURS TROP BRÈVES

Pourtant, la belle est mariée à un homme brutal et jaloux qui l'enferme chez lui lorsqu'il part. Dutilleul ose dévoiler sa flamme à la jeune femme, qui reste tristement sceptique quand il lui annonce qu'il viendra le soir même lui rendre visite dans sa chambre. Une fois le mari sorti, Dutilleul traverse effectivement les murs pour retrouver sa « belle recluse » (p. 25) et l'aimer une partie de la nuit

Une nouvelle entrevue est fixée le lendemain. Dutilleul a de violents maux de tête, mais pour rien au monde il ne raterait son rendez-vous. Il déniche alors au fond d'un tiroir des comprimés qu'il croit être de l'aspirine, en avale un le matin, un autre le soir et se rend chez sa bienaimée.

Au moment de la quitter, Dutilleul retraverse les cloisons, mais sent un léger frottement, puis une vraie résistance. Arrêté dans l'épaisseur du mur, « comme figé à l'intérieur de la muraille » (p. 19), il est saisi d'effroi en repensant aux deux cachets qu'il a pris dans la journée : ce n'était pas de l'aspirine, mais de la poudre de pirette prescrite par le docteur. Ajouté au surmenage de sa nuit, le remède venait de faire très concrètement son effet.

C'est ainsi que les « noctambules qui descendent la rue Norvins » (p. 26) à Montmartre peuvent entendre une voix sourde qu'ils prennent pour la plainte du vent : « C'est Garou-Garou Dutilleul qui lamente la fin de sa glorieuse carrière et le regret des amours trop brèves », « pauvre prisonnier » (*ibid.*) que seul Gen Paul, à l'aide de sa guitare, console d'une chanson certaines nuits d'hiver. Dutilleul restera dès lors emmuré à tout jamais.

ÉTUDE DES PERSONNAGES

DUTILLEUL, ALIAS GAROU-GAROU

Dutilleul est le personnage principal de la nouvelle : il n'y a pas une seule scène dans laquelle lui, ou son double Garou-Garou, ne soit présent. Il est un célibataire, pour ne pas dire un vieux garçon, vivant dans un appartement à Montmartre. Durant la mise en place de l'intrigue, il est l'archétype du fonctionnaire bien sous tous rapports : il est la parfaite personnification de l'antihéros dans ses habitudes et dans sa manière de concevoir la vie.

Âgé de 43 ans, il porte un binocle, une barbiche noire et un chapeau melon quand il fait beau. C'est un « employé de troisième classe » (p. 7) au ministère de l'Enregistrement qui exerce méticuleusement son travail et n'attend rien de spécial de la vie. Ainsi a-t-il ses petites habitudes auxquelles il ne dérogerait pour rien au monde : pour se rendre à son travail, il prend le bus l'hiver et marche en été. C'est un homme banal et ennuyeux qui passe inaperçu et qui s'en accommode très bien. « Étant peu curieux et rétif aux entraînements de l'imagination » (p. 10-11), Dutilleul n'a aucune réaction quand il découvre son don : il en demeure même plutôt désarmé, ne sachant pas quoi en faire. Il se rend alors chez le médecin pour éviter que cela ne vienne perturber son quotidien.

Ce sont en fait les circonstances, et non son tempérament, qui amènent Dutilleul à se servir de ce don. Il suffit qu'un nouvel arrivant dans son entourage fasse irruption – son nouveau supérieur – pour que l'action s'enclenche au sein de la nouvelle. « Modeste, mais fier » (p. 13), Dutilleul n'hésite pas à rendre fou son nouveau supérieur pour se venger de ses humiliations. À cet instant, il y a un basculement dans le récit puisque notre héros ressent désormais une envie irrépressible de se servir de son pouvoir magique.

C'est donc de manière insouciante et ludique que le récit prend vie. Notre personnage endosse le rôle du véritable héros et nous révèle une double identité. Il est à la fois un antihéros le jour auprès de ses collègues de travail et dans la vie monotone qu'il continue de mener, et Garou-Garou, un héros au surnom comique la nuit, qui se divertit par le biais de cambriolages rocambolesques et d'arrestations vo-lontaires. Il incarne finalement le rôle-titre, celui de Passe-muraille. Son don réveille en lui son âme d'enfant, enfouie derrière sa vie rangée, placide et régulière de fonctionnaire modèle. Ce pouvoir spécial le fait effectivement sortir de l'ordinaire, mais c'est surtout l'usage qu'il en fait qui le révèle à lui-même. Il ne fait alors que se moquer du sys-tème : enfermé dans ce dernier depuis bien trop longtemps, l'arrivée de son nouveau sous-chef se révèle être l'élément déclencheur qui met notre héros face à l'absurdité de son existence et à son travail bien trop rangé.

Dutilleul est alors irrémédiablement poussé à agir pour exprimer et revendiquer sa liberté. Farceur et enfantin, ce fonctionnaire agit tel un enfant rejeté de la cour de récréa-tion (qui est assimilée à son bureau de travail et à la prison, ses terrains de jeu). Il prend sa revanche par son leitmotiv, cette phrase répétée à de nombreuses reprises, qui souligne son immaturité : « Voyou, butor, galopin ». Le narrateur emploie même le terme de « camarades » pour désigner les collègues de travail de notre héros : le terme se rapporte à nouveau au champ lexical du jeu et de l'enfance. Dutilleul se joue ainsi constamment de son sous-chef et s'amuse à l'insulter autant qu'à l'effrayer.

Afin d'échapper à la police, il opère une transformation physique. Dès lors, sa métamorphose est totale : le personnage de Dutilleul s'efface complètement au profit de celui de Garou-Garou. Après l'insouciance du jeu et les enfantillages, vient l'insouciance du premier amour lorsqu'il rencontre par hasard une « beauté blonde rencontrée deux fois rue Lepic à un quart d'heure d'intervalle. » (p. 23) Galvanisé par son pouvoir magique, Dutilleul a gagné en assurance et se permet d'accoster la jolie blonde. Un tantinet provocateur, presque romanesque et d'une audace assumée, il ne lui demande pas s'il peut l'inviter chez lui mais lui affirme qu'il sera chez elle le soir même, après le départ de son mari.

Le succès de Dutilleul auprès du public achève sa métamorphose : Garou-Garou devient pleinement le Passe-muraille et s'inscrit comme véritable personnage littéraire.

L'ADMINISTRATION

M. Lécuyer

M. Lécuyer est le sous-chef de bureau au ministère de l'Enregistrement, ministère inventé par Aymé dont on ignore l'utilité. Il ne porte pas de prénom : c'est une manière ironique de souligner la fausse importance du personnage. M. Lécuyer prétend réformer son service, mais le seul changement dont on ait connaissance concerne la formule d'introduction des lettres de Dutilleul. Il représente en définitive le prototype du chef qui abuse de son petit pouvoir pour tyranniser son inférieur hiérarchique. Marcel Aymé n'hésite pas à le faire interner, rendu fou par le mauvais tour de Dutilleul. C'est la vengeance de l'obscur fonctionnaire sur son bourreau administratif ou, plus largement, du faible sur le fort.

Le directeur de prison

Le directeur de la prison de la Santé où séjourne Dutilleul est humilié par Garou-Garou qui lui vole sa montre en or, *Les Trois Mousquetaires* (1844) et qui lui envoie une lettre pour l'informer de l'heure précise de son évasion. Dutilleul expose d'ailleurs la montre en guise de trophée sur le mur de sa cellule, ce qui accentue sa victoire sur le corps administratif. Placé au-dessus des lois grâce à son don, Dutilleul se joue du directeur qui n'est qu'un pantin entre ses mains, un jouet avec lequel il s'amuse. Ce personnage importe donc principalement par sa seule fonction, qui se retrouve vide de sens et inutile : Dutilleul ne peut en effet être enfermé. Il n'a donc plus de directeur que le nom.

LES MONTMARTROIS

Véritable village dans la ville, Montmartre offre à Marcel Aymé un cadre idéal pour développer son intrigue, une scène qui semble être spécialement conçue pour les déambulations de Passe-muraille par son dédale de rues et de ruelles. On peut ainsi se représenter le parcours de Dutilleul, de la rue d'Orchampt où il loge, à la rue Norvins où il finit emmuré. Ce quartier était bien connu de l'écrivain lui-même qui y a vécu près de quarante ans. Deux personnages clés appartiennent à ce décor montmartrois.

Gen Paul

Le quartier de Montmartre est notamment incarné par le personnage de Gen Paul. Ce peintre français (1895-1975) a réellement existé et' était un ami intime de l'auteur. Dans la nouvelle, Aymé le met en scène pour donner une touche pittoresque à son récit et lui faire un clin d'œil facétieux. Il se sert de lui pour faire valoir son amour de la langue et pasticher le langage argotique montmartrois : « Dis donc, je vois que tu t'es miché en gigolpince pour tétârer ceux de la sûrepige – ce qui signifie à peu près en langage vulgaire : je vois que tu t'es déguisé en élégant pour confondre les inspecteurs de la Sûreté. » (p. 23) Gen Paul est par ailleurs le personnage qui permet d'ancrer un peu plus l'histoire de Dutilleul dans la réalité parisienne. Cela vient de ce fait renforcer le fantastique de la nouvelle : le lecteur est dans un univers on ne peut plus réaliste (Montmartre) dans lequel se produit un évènement irréaliste, à savoir le fait que notre héros traverse les murs. Gen Paul, à travers son réalisme exacerbé, renforce le fantastique global de la nouvelle.

La blonde « au pot au lait »

Seul personnage féminin de la nouvelle, « la blonde » est dépourvue d'identité et immédiatement perçue comme la femme physiquement attirante et séduisante. Nous pouvons percevoir en elle la personnification du désir et de l'amour, qui fait gouter à notre héros les plaisirs charnels.

Le narrateur ne s'attarde pas sur ses traits de caractère ou sur sa personnalité car elle est en réalité un moyen pour l'auteur de faire rester Dutilleul à Montmartre, alors qu'il souhaitait parcourir l'Égypte : elle n'est ainsi que le motif qui fait découvrir à Dutilleul l'amour tragique et sans issue. À son contact, notre héros assouvit certes un besoin primaire et basique, mais il va surtout rester prisonnier à tout jamais du mur où elle vit, après qu'elle a cédé à ses charmes.

CLÉS DE LECTURE

L'UNIVERS FANTASTIQUE

On présente souvent *Le Passe-muraille* comme une nouvelle fantastique. Le fantastique se caractérise par l'irruption du surnaturel ou de l'irrationnel dans une réalité quotidienne. C'est en effet le postulat de départ de cette nouvelle : un être ordinaire évoluant dans un cadre réel est doté d'un pouvoir qui est, lui, extraordinaire. Le fantastique entretient l'étrange et l'hésitation du lecteur qui oscille toujours entre une explication rationnelle ou surnaturelle des éléments fantastiques.

Toutefois, l'humour d'Aymé, la façon qu'il a de jouer avec les codes et de s'amuser avec son texte, sont déjà des éléments qui détournent le fantastique de sa fonction première. Celui-ci vise en effet à provoquer la surprise, la peur ou l'angoisse. Or nul sentiment d'étonnement, d'effroi ou de malaise ne prédomine avant la chute de l'histoire. Au contraire, la lecture est plaisante et enjouée. De plus, la nouvelle donne une explication rationnelle aux éléments fantastiques : si le lecteur est en droit de se demander s'il n'est pas face à un élément d'ordre surnaturel, le récit lui-même n'entretient pas l'indécision. Ainsi cette nouvelle ne s'inscrit-elle pas complètement dans la veine fantastique : c'est pourquoi on a pu parler à propos du *Passe-muraille* de « réalisme magique ».

LE RÉALISME MAGIQUE

Le « réalisme magique » est une appellation des critiques littéraires et artistiques qui date de 1925 pour rendre compte de faits magiques dans un cadre réaliste mais ne relevant pas d'un registre littéraire comme le fantastique ou le merveilleux. Difficilement appréhendable, cette catégorie se situe dans un entredeux. Benoit Denis en parle en ces termes : « Le réalisme magique se distingue du fantastique classique en ce que le surgissement de l'irrationnel ou de l'extraordinaire n'y est pas appréhendé sous le mode d'un conflit frontal entre la réalité communément admise (le rationnel) et autre chose qui la nie (le surnaturel, l'irréel) ; la perspective du réalisme magique est au contraire synthétique, et unifie au sein d'une vision et d'une perception "particulière" du réel, c'est-à-dire singulière et subjective, des catégories généralement opposées : le rationnel et l'irrationnel, la réalité et le rêve, le réel et l'imaginaire, tout l'effort de l'esthétique magico -réaliste consistant en un dépassement des antinomies ainsi constituées pour proposer une appréhension renouvelée du monde. » (DENIS B., « Du fantastique réel au réalisme magique », in *Textyles*, n° 21, 2002)

En effet, dans cette nouvelle, le fantastique :

- **est donné comme acquis :** dès la première phrase, il est dit que Dutilleul possède « le don singulier de passer à travers les murs sans en être incommodé » (p. 9) sans autre explication, ce qui nous met devant le fait accompli. Ainsi, le surnaturel passe pour tout à fait naturel ;

- **a une justification rationnelle :** quand Dutilleul se rend chez le docteur pour trouver un remède à ce don, comme s'il avait une simple maladie, il n'y a ni surprise ni stupéfaction ; au contraire, le médecin découvre « la cause du mal dans un durcissement hélicoïdal de la paroi strangulaire du corps thyroïde » (p. 10). Cette explication, si elle est farfelue, n'en constitue pas moins la preuve du pouvoir de Dutilleul. Le magique est ainsi légitimé par le scientifique ;

Ainsi y a-t-il un jeu permanent entre le réel et l'imaginaire. On se situe continuellement à la frontière de la réalité et du rêve, et c'est cette incertitude, ce balancement perpétuel, qui fonde le réalisme magique du *Passe-muraille*.

LA DIMENSION TRAGIQUE DU *PASSE-MURAILLE*

Le héros de cette nouvelle s'éloigne de la morale. Voleur et farceur, Dutilleul se positionne très vite comme étant en marge de la société car il se moque des autorités et use de son don pour les faire exaspérer. Il vole et ne peut être « mis en cage » ou retenu prisonnier : là se concentre toute l'ironie et l'ambivalence de cette punition qui n'en est pas une.

Mais son pouvoir et cette liberté vont lui être repris de la même manière qu'ils lui ont été donnés, pour en faire finalement un héros déchu, dont l'histoire se termine mal. Le lecteur peut en effet se mettre à la place de Dutilleul et ressentir une forme d'effroi rien qu'à l'idée de se retrouver à sa place, emmuré à tout jamais :

> « Les noctambules qui descendent la rue Norvins à l'heure où la rumeur de Paris s'est apaisée, entendent une voix assourdie qui semble venir d'outre-tombe et qu'ils prennent pour la plainte du vent sifflant aux carrefours de la Butte. C'est Garou-Garou Dutilleul qui lamente la fin de sa glo-rieuse carrière et le regret des amours trop brèves. » (p. 26)

Cette fin d'histoire a une tonalité tragique.

LE REGISTRE TRAGIQUE

Un registre littéraire est un ensemble de caractéris-tiques qui a pour but de provoquer un effet particulier chez le lecteur, que cela soit l'effroi (le registre tragique) ou le rire (le registre comique) par exemple. Le registre tragique met en scène un personnage hors du commun qui va devoir faire face à la fatalité de son destin (le « *fatum* » en latin), comme c'est le cas ici pour Dutilleul qui en devient prisonnier. Le tragique se définit par un manque d'issue, la seule possible étant parfois la folie ou la mort. C'est un registre que l'on retrouve notamment dans les pièces de théâtre issues de la tragédie, qui inspire autant l'effroi que la pitié du lecteur ou du spectateur.

Seul et prisonnier de son mur, Dutilleul redevient invisible ou presque. Cette « mort » du héros étant inéluctable, elle en devient tragique.

L'HUMOUR DANS *LE PASSE-MURAILLE*

Du comique au ludique

Dans *Le Passe-muraille*, Marcel Aymé s'amuse autant qu'il amuse. Ce jeu continuel transparait tout d'abord dans son comique verbal, qui révèle un amour du mot, sinon du jeu de mots :

- les tirades de Gen Paul en argot « Titi parisien » sont l'occasion pour Aymé de montrer son habileté à manier différents registres de langage : « Toujours à la biglouse, quoi. C'est de la grosse nature de truand qu'admet pas qu'on ait des vouloirs de piquer dans son réséda » (p. 24) ;
- l'auteur instaure un effet comique avec le pastiche de l'écriture administrative et la formule alambiquée des lettres de Dutilleul : « Me reportant à votre honorée du tantième courant et, pour mémoire, à notre échange de lettres antérieur, j'ai l'honneur de vous informer... » (p. 11) ;
- il emploie des patronymes évocateurs : Dutilleul est un nom qui infuse l'idée d'un être à la vie calme et tranquille, le nom de M. Mouron, son premier chef, donne une idée de la platitude de l'administration tandis que M. Lécuyer semble manier la cravache et « monter sur ses grands chevaux » assez rapidement ;
- il s'amuse de l'homonymie : M. Lécuyer finit dans une maison de santé, avant que Dutilleul ne soit enfermé à la prison de la Santé.

Cette douce ironie qui transparait à travers ces jeux sur les mots relève chez Aymé d'un sincère et jubilatoire plaisir à manier la langue, mais plus généralement du jeu lui-même : et qui dit jeu dit transgression. Dans une certaine mesure, nous pouvons mettre en parallèle la forme et le fond de la nouvelle : l'auteur, qui s'amuse avec les mots et donc la « forme », fait écho au personnage de Dutilleul lui-même, qui constitue le « fond » de l'histoire et qui se joue des autorités par le biais de la farce.

On relève également un sens certain du burlesque (c'est-à-dire un comique extravagant, voire grotesque ou vulgaire) :

- Dutilleul se choisit lui-même le nom de Garou-Garou : c'est en faisant apparaitre sa tête dans le mur pour rendre fou M. Lécuyer qu'il profère des menaces obscures, s'écriant par exemple d'une voix sépulcrale, ponctuée de rires démoniaques : « Garou ! Garou ! Un poil de loup ! » (p. 14) Cette réplique relève à la fois de la farce théâtrale – transformant Garou-Garou en personnage comique – et de la plaisanterie enfantine qui provoque sans se soucier des conséquences ;
- Garou-Garou donne « des coups de pieds dans le derrière » des gardiens de prison « dont la provenance [est] inexplicable » (p. 19) et s'amuse à désacraliser le directeur.

Mais le personnage de *Passe-muraille* est aussi un perturbateur, non seulement de l'ordre des choses (un être humain ne passe pas à travers les murs), mais également de l'ordre public :

- alors que *Le Passe-muraille* est écrit durant l'Occupation allemande, période de restriction voire de misère pour la France, le personnage de Garou-Garou devient populaire en volant les riches. On pense dès lors à Arsène Lupin, le personnage fétiche des romans policiers de Maurice Leblanc (écrivain français, 1864-1941) qui renvoie à la figure du loup ;

- non seulement Garou-Garou nargue la police, mais ses exploits provoquent la démission du ministre de l'Intérieur et, ironie du sort, celle du propre ministre de Dutilleul, celui de l'Enregistrement. Ces démissions constituent une belle revanche : l'employé de troisième classe en bas de l'échelle sociale fait dégringoler celui qui en occupe le sommet.

Par ailleurs, l'hyperbole narrative permet de souligner cet aspect comique et ludique de la nouvelle : « L'enthousiasme de la foule atteignit au délire. Le ministre de l'Intérieur dut démissionner, entraînant dans sa chute le ministre de l'Enregistrement ». (p. 17) Le lecteur est amusé des évènements que Garou-Garou provoque et de leurs conséquences car ils semblent totalement disproportionnés.

L'humour au service du registre polémique

Au sein de cette nouvelle, le narrateur fournit nombre de précisions et de détails : les chiffres, les horaires, les dates, etc. abondent. En effet, tel un rapport de police, nous apprenons que Dutilleul s'évade à 11h30 et qu'il avait prévu de le faire entre 11h25 et 11h35, prévenant par provocation le directeur de la prison. Cela donne une dimension comique à la scène et au personnage lui-même. Le lecteur s'amuse à ses côtés. Ainsi assistons-nous à une véritable enquête policière et à une reconstitution des faits.

Or ces précisions chiffrées sont trop nombreuses et superflues pour être retenues par notre mémoire. L'auteur se moque en réalité de cette société où tout est cadré, compté, millimétré. Ce corps administratif, dont il se fait le critique acerbe de manière subtile et déguisée, est en réalité le premier visé (rappelons que le ministère lui-même est fictif). Le fonctionnaire quitte toujours son bureau à la même heure et rédige, c'est d'ailleurs ce qui déclenche toute l'action de cette nouvelle, les mêmes lettres depuis vingt ans. Sous couvert d'humour et de fantastique, Aymé donne au lecteur matière à réfléchir, notamment concernant cette société de l'époque, du travail et de la bureautique, ce qui relève du registre polémique.

LE REGISTRE POLÉMIQUE

Le registre polémique permet à l'auteur de mettre en avant ses idées tout en visant à faire réfléchir le lecteur de manière subtile. Dans *Le Passe-muraille*, c'est le contexte historique des années 1940 qui est pointé du doigt, et cette France qui travaille dans les bureaux et dans l'administration. L'auteur ne dresse pas ici une satire de la société, il se situe davantage dans la « polémique » et laisse dès lors des portes ouvertes pour que le lecteur pousse sa propre réflexion.

Ces nombreuses descriptions et détails en font également une nouvelle qui se rapproche du registre descriptif et viennent renforcer cet ancrage dans la réalité : à savoir la vie à Montmartre.

LE PASSE-MURAILLE ET SES INFLUENCES

L'intertextualité

Le Passe-muraille est l'occasion pour l'auteur de se jouer des codes, qu'ils soient sociaux ou littéraires, et de s'en nourrir. Cette charge transgressive touche jusqu'au thème romanesque le plus éminent : l'amour. Le coup de foudre entre la « beauté blonde » et Dutilleul (déguisé pour ne pas être reconnu des autorités) est décrit en ces termes :

> « De son côté, la blonde l'avait regardé avec beaucoup d'intérêt. Il n'y a rien qui parle à l'imagination des jeunes femmes d'aujourd'hui comme des culottes de golf et une paire de lunettes en écaille. Cela sent son cinéaste et fait rêver cocktails et nuits de Californie. » (p. 23)

En réalité, on peut lire dans cette histoire d'amour une légère mais malicieuse transgression littéraire : l'histoire de Garou-Garou et de sa blonde enfermée à double tour dans sa chambre est une inspiration de l'amour courtois qui met généralement en scène une dame à conquérir et un jeune chevalier dévoué et aimant qui, pour lui faire la cour, doit affronter des épreuves et des dangers pour obtenir l'amour de la belle.

On notera par ailleurs la référence aux *Trois Mousquetaires* de Dumas (écrivain français, 1802-1870) qui permet de filer la métaphore chevaleresque. Les références littéraires et l'intertextualité sont ainsi explicites.

Une créature légendaire

Dutilleul renvoie surtout à la légende du loup-garou, cet homme qui, à la pleine lune, se transforme en une créature anthropomorphe proche du loup et s'adonne au crime en dévorant des humains. Décrits comme cruels et féroces, les loups-garous ne se souviennent pas de leurs méfaits, contrairement à Dutilleul qui possède une pleine conscience de ses actes. Sa transformation est pour lui une libération : elle lui permet de se révéler et de se délivrer du carcan dans lequel il s'est complu pendant des années. La lycanthropie effraie autant qu'elle fascine : elle se nourrit d'une peur du loup profondément ancrée chez l'homme et alimente leurs fantasmes depuis plusieurs siècles.

Le merveilleux

Cette nouvelle de veine fantastique emprunte aussi les codes du conte de fées, et plus largement du merveilleux, qui se caractérise par

- le récit d'évènement imaginaire ;
- un dessein ludique mais toujours accompagné d'une morale ;
- une portée universelle.

Cette nouvelle délivre en effet une morale implicite à ses lecteurs à travers l'humour, semblable aux contes : il faut, dans une certaine mesure, se contenter de ce que l'on possède et de ce que la vie nous concède. Ceux qui chercheront à avoir toujours plus connaitront une fin tragique, ce qui les ramènera à leur simple condition d'être humain. Par ailleurs, cette nouvelle du *Passe-muraille*, par sa concision, se rapproche du conte : ainsi l'auteur se doit de condenser les évènements pour une mise en place rapide de l'intrigue.

UN UNIVERS POÉTIQUE

De cette perméabilité entre le monde réel et le monde imaginaire nait un univers singulier, une atmosphère particulière propice à la poésie. C'est là une des spécificités de l'art subtil d'Aymé qui, sans éluder les difficultés sociales, l'hypocrisie des rapports humains ou simplement les difficultés de la vie, tente toujours de les dépasser, d'aller au-delà du simple constat ou du commentaire par le biais de la création.

Le Passe-muraille parait dans les années 1940, alors que la France est occupée par les Allemands. L'écrivain, qui a toujours vécu à Paris pendant le conflit, n'ignore rien de ce qu'il s'y passe, mais n'y fait ici aucune allusion directe. Néanmoins, connaissant le contexte, on peut se rendre compte de toute la force poétique du personnage dont le pouvoir est de passer à travers les murs. Il peut être vu comme une personnification de la liberté. On pourrait reprocher à l'auteur d'être en retrait des réalités, de se retrancher derrière sa création. Il permet pourtant au lecteur d'échapper quelque peu à la réalité au travers de la fiction.

Marcel Aymé n'est pas un militant et n'a pas de doctrine. Là réside sans doute une caractéristique de sa poésie : elle ne délivre pas de message explicite. Libre à chacun de suivre l'auteur dans son réel inventé. C'est en effet son style, si personnel, qui donne au *Passe-muraille* sa morale, entre conscience lucide et attachement au réel d'un côté, et liberté de l'homme et de son imagination de l'autre. Au fond, sa poétique est une éthique de vie. Elle rend hommage à la force, mais aussi à la faiblesse de l'humain. La véritable humanité du personnage principal est sans doute à chercher entre ce Dutilleul morne et effacé et ce Garou-Garou super-héros. C'est le mélange qui existe en chacun de nous entre la réalité et la fiction, le réel auquel on ne peut échapper et l'imagination dont on a besoin.

À la fin de la nouvelle, la nature reprend ses droits, la réalité triomphe : « Garou-Garou Dutilleul » est emmuré vivant et disparait. Mais subsiste la force consolatrice de la poésie : pour réconforter « d'une chanson le pauvre prisonnier » (p. 19), le peintre Gen Paul délaisse le pinceau pour la guitare et joue certaines nuits d'hiver une musique dont « les notes, envolées de ses doigts engourdis, pénètrent au cœur de la pierre comme des gouttes de clair de lune » (*ibid.*). Dans cette dernière comparaison peut se lire une définition même de la poésie, qui doit en un sens pénétrer de sa beauté les cœurs les plus endurcis. Aymé fait en quelque sorte de Gen Paul son troubadour, un relai privilégié de l'écrivain, celui qui colporte la légende merveilleuse du Passe-muraille.

Derrière la « métamorphose » de Dutilleul en Garou-Garou il y a donc une autre transformation : de l'ordinaire au merveilleux, de l'angoisse à la poésie. Dans le dernier paragraphe de la nouvelle, Aymé évoque « une voix assourdie qui semble venir d'outre-tombe », prise pour « la plainte du vent sifflant aux carrefours de la Butte » et qui en fait est la voix du héros emprisonné dans la pierre qui « lamente la fin de sa glorieuse carrière et le regret des amours trop brèves » (*ibid.*). Dans cette évocation se retrouve la force créatrice, la puissance de l'imagination, qui d'un rien, d'un souffle, peut inventer une histoire et nous faire entrer dans un autre univers. C'est sous une apparente fantaisie que Marcel Aymé, dans *Le Passe-muraille*, nous offre entre autres une réflexion sur l'art, ainsi qu'une ode à la liberté de l'homme et à son imagination.

PISTES DE RÉFLEXION

QUELQUES QUESTIONS POUR APPROFONDIR SA RÉFLEXION...

- À quel moment la nouvelle glisse-t-elle dans le fantastique ? Est-ce que ce fantastique procure un sentiment d'étrangeté ? Développez.
- En quoi, selon vous, *Le Passe-muraille* est-elle une nouvelle comique ?
- Par quels personnages est représentée l'autorité ? Comment Aymé les juge-t-il ?
- Aymé a déclaré à propos de son recueil : « Mon réalisme, j'ose, dût-on en sourire, le dire, est granitique, sévère comme un portrait de famille et indéfectible. » Commentez.
- On a pu parler de « réalisme magique » à propos de certaines œuvres d'Aymé. Comment comprenez-vous cette formule ?
- Pourrait-on qualifier *Le Passe-muraille* d'ode à la liberté ? Expliquez.
- La nouvelle est d'abord parue en revue sous le titre *Garou-Garou*. Pourquoi, selon vous, Marcel Aymé a-t-il changé le titre en *Passe-muraille* lors de sa sortie en recueil ?
- *Le Passe-muraille* parait d'abord en revue en 1941, puis est publié en 1943. En quoi ces dates sont-elles importantes pour la compréhension de la nouvelle ?
- Gen Paul était un peintre de Montmartre, ami de l'auteur. Quelle est pour vous l'utilité de ce personnage dans la nouvelle ?
- Marcel Aymé a déclaré : « En fait, ce sont les grandes

personnes (et particulièrement les hommes) qui manifestent le plus vif penchant pour le merveilleux. Celui-ci est pour elles un recours, une pharmacopée, d'un usage aussi commode qu'agréable. » (AYMÉ M., « L'enfance et le merveilleux », in *Plaisirs de France*, 25 décembre 1946). Pensez-vous que cette nouvelle ait été écrite pour les « grandes personnes », comme aimait les nommer l'auteur, ou pour les enfants ?

Votre avis nous intéresse !
Laissez un commentaire sur le site de votre librairie en ligne
et partagez vos coups de cœur sur les réseaux sociaux !

POUR ALLER PLUS LOIN

ÉDITION DE RÉFÉRENCE

- AYMÉ M., *Le Passe-muraille*, Paris, Gallimard, coll. « Folio junior », 2002.

ÉTUDES DE RÉFÉRENCE

- AYMÉ M., « L'enfance et le merveilleux », in *Plaisirs de France*, 25 décembre 1946, cité dans *Confidences et propos littéraires*, textes réunis et présentés par Michel Lécureur, Paris, Les Belles Lettres, 1996.
- « Catalogue général », in *BnF*, consulté le 21 février 2017, http://catalogue.bnf.fr/index.do
- COLLECTIF, *Cahier Marcel Aymé*, Cahier n° 12, Saint-Cloud, Éditions SAMA, 1996.
- DENIS B., « Du fantastique réel au réalisme magique », in *Textyles*, n° 21, 2002, p. 7-9, consulté le 27 février 2017, https://textyles.revues.org/890
- *Gallica*, consulté le 21 février 2017, http://gallica.bnf.fr/

ADAPTATIONS

- *Le Passe-muraille*, film de Jean Boyer, avec Bourvil et Joan Greenwood, France, 1951.
- *Le Passe-muraille*, téléfilm de Pierre Tchernia, avec Michel Serrault, France, 1977.
- *Le Passe-muraille*, téléfilm de Dante Desarthe, avec Denis Podalydès, Marie Dompnier et Scali Delpeyrat, France, 2016.

Retrouvez notre offre complète sur lePetitLittéraire.fr

- des fiches de lectures
- des commentaires littéraires
- des questionnaires de lecture
- des résumés

ANOUILH
- Antigone

AUSTEN
- Orgueil et Préjugés

BALZAC
- Eugénie Grandet
- Le Père Goriot
- Illusions perdues

BARJAVEL
- La Nuit des temps

BEAUMARCHAIS
- Le Mariage de Figaro

BECKETT
- En attendant Godot

BRETON
- Nadja

CAMUS
- La Peste
- Les Justes
- L'Étranger

CARRÈRE
- Limonov

CÉLINE
- Voyage au bout de la nuit

CERVANTÈS
- Don Quichotte de la Manche

CHATEAUBRIAND
- Mémoires d'outre-tombe

CHODERLOS DE LACLOS
- Les Liaisons dangereuses

CHRÉTIEN DE TROYES
- Yvain ou le Chevalier au lion

CHRISTIE
- Dix Petits Nègres

CLAUDEL
- La Petite Fille de Monsieur Linh
- Le Rapport de Brodeck

COELHO
- L'Alchimiste

CONAN DOYLE
- Le Chien des Baskerville

DAI SIJIE
- Balzac et la Petite Tailleuse chinoise

DE GAULLE
- Mémoires de guerre III. Le Salut. 1944-1946

DE VIGAN
- No et moi

DICKER
- La Vérité sur l'affaire Harry Quebert

DIDEROT
- Supplément au Voyage de Bougainville

DUMAS
- Les Trois
  Mousquetaires

ÉNARD
- Parlez-leur
  de batailles,
  de rois et
  d'éléphants

FERRARI
- Le Sermon sur la
  chute de Rome

FLAUBERT
- Madame Bovary

FRANK
- Journal
  d'Anne Frank

FRED VARGAS
- Pars vite et
  reviens tard

GARY
- La Vie devant soi

GAUDÉ
- La Mort du
  roi Tsongor
- Le Soleil des
  Scorta

GAUTIER
- La Morte
  amoureuse
- Le Capitaine
  Fracasse

GAVALDA
- 35 kilos d'espoir

GIDE
- Les
  Faux-Monnayeurs

GIONO
- Le Grand
  Troupeau
- Le Hussard
  sur le toit

GIRAUDOUX
- La guerre de
  Troie
  n'aura pas lieu

GOLDING
- Sa Majesté des
  Mouches

GRIMBERT
- Un secret

HEMINGWAY
- Le Vieil Homme
  et la Mer

HESSEL
- Indignez-vous !

HOMÈRE
- L'Odyssée

HUGO
- Le Dernier Jour
  d'un condamné
- Les Misérables
- Notre-Dame
  de Paris

HUXLEY
- Le Meilleur
  des mondes

IONESCO
- Rhinocéros
- La Cantatrice
  chauve

JARY
- Ubu roi

JENNI
- L'Art français
  de la guerre

JOFFO
- Un sac de billes

KAFKA
- La Métamorphose

KEROUAC
- Sur la route

KESSEL
- Le Lion

LARSSON
- Millenium 1. Les
  hommes qui
  n'aimaient pas
  les femmes

LE CLÉZIO
- Mondo

LEVI
- Si c'est un
  homme

LEVY
- Et si c'était vrai…

MAALOUF
- Léon l'Africain

MALRAUX
- La Condition
  humaine

MARIVAUX
- La Double
  Inconstance
- Le Jeu de l'amour
  et du hasard

MARTINEZ
- Du domaine
  des murmures

MAUPASSANT
- Boule de suif
- Le Horla
- Une vie

MAURIAC
- Le Nœud
  de vipères

MAURIAC
- Le Sagouin

MÉRIMÉE
- Tamango
- Colomba

MERLE
- La mort est
  mon métier

MOLIÈRE
- Le Misanthrope
- L'Avare
- Le Bourgeois
  gentilhomme

MONTAIGNE
- Essais

MORPURGO
- Le Roi Arthur

MUSSET
- Lorenzaccio

MUSSO
- Que serais-je
  sans toi ?

NOTHOMB
- Stupeur et
  Tremblements

ORWELL
- La Ferme
  des animaux
- 1984

PAGNOL
- La Gloire de
  mon père

PANCOL
- Les Yeux jaunes
  des crocodiles

PASCAL
- Pensées

PENNAC
- Au bonheur
  des ogres

POE
- La Chute de la
  maison Usher

PROUST
- Du côté de
  chez Swann

QUENEAU
- Zazie dans
  le métro

QUIGNARD
- Tous les matins
  du monde

RABELAIS
- Gargantua

RACINE
- Andromaque
- Britannicus
- Phèdre

ROUSSEAU
- Confessions

ROSTAND
- Cyrano de
  Bergerac

ROWLING
- Harry Potter à
  l'école des sor-
  ciers

SAINT-EXUPÉRY
- Le Petit Prince
- Vol de nuit

SARTRE
- Huis clos
- La Nausée
- Les Mouches

SCHLINK
- Le Liseur

SCHMITT
- La Part de l'autre
- Oscar et la Dame rose

SEPULVEDA
- Le Vieux qui lisait des romans d'amour

SHAKESPEARE
- Roméo et Juliette

SIMENON
- Le Chien jaune

STEEMAN
- L'Assassin habite au 21

STEINBECK
- Des souris et des hommes

STENDHAL
- Le Rouge et le Noir

STEVENSON
- L'Île au trésor

SÜSKIND
- Le Parfum

TOLSTOÏ
- Anna Karénine

TOURNIER
- Vendredi ou la Vie sauvage

TOUSSAINT
- Fuir

UHLMAN
- L'Ami retrouvé

VERNE
- Le Tour du monde en 80 jours
- Vingt mille lieues sous les mers
- Voyage au centre de la terre

VIAN
- L'Écume des jours

VOLTAIRE
- Candide

WELLS
- La Guerre des mondes

YOURCENAR
- Mémoires d'Hadrien

ZOLA
- Au bonheur des dames
- L'Assommoir
- Germinal

ZWEIG
- Le Joueur d'échecs

L'éditeur veille à la fiabilité des informations publiées, lesquelles ne pourraient toutefois engager sa responsabilité.

© **LePetitLittéraire.fr, 2017. Tous droits réservés.**

www.lepetitlitteraire.fr

ISBN version numérique : 978-2-8062-2007-3
ISBN version papier : 978-2-8062-1152-1
Dépôt légal : D/2013/12603/394

Avec la collaboration de Margaux Ollivier pour « Un besoin de nouveau » du résumé, l'étude des personnages de Dutilleul, alias garou-garou et la blonde « au pot au lait » ainsi que pour les chapitres « L'humour au service du registre polémique », « La dimension tragique du *Passe-muraille* » et « L'intertextualité ».

Conception numérique : Primento,
le partenaire numérique des éditeurs.

Ce titre a été réalisé avec le soutien de la Fédération Wallonie-Bruxelles, Service général des Lettres et du Livre.

Made in the USA
Monee, IL
07 July 2026

56545990R00022